아아,

일하다 실수를 저질렀답니다.

매일,

술술 잘 풀린다 여겼는데,

어쩌다 사소한 일로

콰당!

보기 좋게 큰 실수를

하고 말았죠.

네, 어제까지는 모든 일이 잘 돌아갔어요.

그런 때 보는 달은

나를 비추는 보얀 불빛.

그런 때 듣는 빗소리는

볼쇼이 발레단에게 보내는 끝없는 박수 소리.

혼자 느긋하게 쉬는 한때

탄산수 거품이 톡톡 튀는 소리는

골짜기를 흐르는 냇물 소리.

크로켓을 튀기는 소리마저

작은 새의 지저귐처럼 들렸는데.

온 세상이 빛으로 가득하고 따뜻했는데.

그런데

실수를 하고 나니 눈앞이 캄캄해졌어요.

그런 때 보는 달은

납작 찌그러진 호떡.

그런 때 듣는 빗소리는

하염없이 흐르는 눈물의 행진.

어둠에 묻혀 투명인간이 된답니다.

탄산수 거품이 튀는 소리는

오그라든 심장을 톡톡 두드리고

크로켓 튀기는 소리는 들리지도 않죠.

영혼마저 축축하게 젖어

내일 뜰 태양을 등지고 말아요.

똑같은 풍경이 전혀 달라 보입니다.

어쩌면 좋을지 몰라

아무튼 잠을 잤어요.

사흘 낮밤을 잤더니

절로 눈이 떠지더군요.

♪ 기운이 안 날 때는 커피를 마시지,

그래도 안 날 때는 라면을 먹지,   ♫

그래도, 그래도 안 날 때는 고기를 먹지 ♪

……떠오르는 대로 노래를 흥얼거렸더니

억지로,

달리
할 일이 없어서

배가 조금 고프네요.

바깥세상에서는 모두가

늘 하던 대로

울고

웃으며 지내고 있군요.

이제 뭘 좀 먹어볼까요.

모든 일이 술술 잘 풀리는 때도 있지만

그렇지 않은 때도 있죠.

세상사 그렇다는 걸 깨달으니

마음이 조금은 가벼워졌어요.

일단은 앞으로 나아가 볼까요.

이 책은 제 경험을 바탕으로 한 픽션입니다.

여러분, 아무쪼록 건강히.

오늘은 망한 것 같아요

1판 1쇄 2024년 2월 29일

지 은 이 하야시 기린
그 린 이 아즈마 히사요
옮 긴 이 김난주

발 행 인 주정관
발 행 처 북스토리㈜
주 행 소 서울특별시 마포구 양화로 7길 6-16
　　　　　서교제일빌딩 201호
대표전화 02-332-5281
팩시밀리 02-332-5283
출판등록 1999년 8월 18일(제22-1610호)
홈페이지 www.ebookstory.co.kr
이 메 일 bookstory@naver.com

ISBN 979-11-5564-335-8 03830